AF196477

Tucholsky Wagner Zola Scott Sydow Schlegel
Turgenev Fonatne Freud
Wallace
Twain Walther von der Vogelweide Fouqué Friedrich II. von Preußen
Weber Freiligrath Frey
Fechner Weiße Rose von Fallersleben Kant Ernst
Fichte Richthofen Frommel
Engels Fielding Hölderlin
Fehrs Faber Flaubert Eichendorff Tacitus Dumas
Eliasberg Ebner Eschenbach
Feuerbach Maximilian I. von Habsburg Fock Eliot Zweig
Ewald Vergil
Goethe Elisabeth von Österreich London
Mendelssohn Balzac Shakespeare
Trackl Lichtenberg Rathenau Dostojewski Ganghofer
Stevenson Doyle Gjellerup
Mommsen Tolstoi Hambruch
Thoma Lenz Hanrieder Droste-Hülshoff
Dach Verne von Arnim Hägele Hauff Humboldt
Reuter Rousseau Hagen
Karrillon Garschin Hauptmann Gautier
Damaschke Defoe Hebbel Baudelaire
Descartes
Hegel Kussmaul Herder
Wolfram von Eschenbach Dickens Schopenhauer
Bronner Darwin Melville Grimm Jerome Rilke George
Campe Horváth Aristoteles Bebel Proust
Bismarck Vigny Barlach Voltaire Federer Herodot
Gengenbach Heine
Storm Casanova Tersteegen Grillparzer Georgy
Chamberlain Lessing Langbein Gilm
Brentano Gryphius
Strachwitz Claudius Schiller Lafontaine
Bellamy Schilling Kralik Iffland Sokrates
Katharina II. von Rußland Gerstäcker Raabe Gibbon Tschechow
Löns Hesse Hoffmann Gogol Wilde Vulpius
Luther Heym Hofmannsthal Klee Hölty Morgenstern Gleim
Roth Heyse Klopstock Goedicke
Luxemburg Puschkin Homer Kleist
La Roche Horaz Mörike Musil
Machiavelli Kierkegaard Kraft Kraus
Navarra Aurel Musset Lamprecht Kind Kirchhoff Hugo Moltke
Nestroy Marie de France
Laotse Ipsen Liebknecht
Nietzsche Nansen Ringelnatz
Marx Lassalle Gorki Klett
von Ossietzky Leibniz
May vom Stein Lawrence Irving
Petalozzi Knigge
Platon Pückler Michelangelo Kafka
Sachs Poe Kock
Liebermann Korolenko
de Sade Praetorius Mistral Zetkin

Der Verlag tradition aus Hamburg veröffentlicht in der Reihe TREDITION CLASSICS Werke aus mehr als zwei Jahrtausenden. Diese waren zu einem Großteil vergriffen oder nur noch antiquarisch erhältlich.

Symbolfigur für TREDITION CLASSICS ist Johannes Gutenberg (1400 — 1468), der Erfinder des Buchdrucks mit Metalllettern und der Druckerpresse.

Mit der Buchreihe TREDITION CLASSICS verfolgt tradition das Ziel, tausende Klassiker der Weltliteratur verschiedener Sprachen wieder als gedruckte Bücher aufzulegen – und das weltweit!

Die Buchreihe dient zur Bewahrung der Literatur und Förderung der Kultur. Sie trägt so dazu bei, dass viele tausend Werke nicht in Vergessenheit geraten.

Güstrower Fragmente

Ernst Barlach

Impressum

Autor: Ernst Barlach
Umschlagkonzept: toepferschumann, Berlin

Verlag: tradition GmbH, Hamburg
ISBN: 978-3-8424-8838-0
Printed in Germany

Rechtlicher Hinweis:
Alle Werke sind nach unserem besten Wissen gemeinfrei und
unterliegen damit nicht mehr dem Urheberrecht.

Ziel der TREDITION CLASSICS ist es, tausende deutsch- und
fremdsprachige Klassiker wieder in Buchform verfügbar zu
machen. Die Werke wurden eingescannt und digitalisiert. Dadurch
können etwaige Fehler nicht komplett ausgeschlossen werden.
Unsere Kooperationspartner und wir von tredition versuchen, die
Werke bestmöglich zu bearbeiten. Sollten Sie trotzdem einen Fehler
finden, bitten wir diesen zu entschuldigen. Die Rechtschreibung der
Originalausgabe wurde unverändert übernommen. Daher können
sich hinsichtlich der Schreibweise Widersprüche zu der heutigen
Rechtschreibung ergeben.

Ernst Barlach

Güstrower Fragmente

1912 – 1913

Wieder saßen Klaus und ich nachmittags in den Haselbüschen am Gliner See, stets gewärtig, vom Besitzer oder Pfänder überrascht zu werden. Darum kriechen wir gern der grünen Verpelzung des Abhangs wie Mottenfraß recht ins Innere, da sieht man uns nicht fressen. Einen Beutel hatten wir mit, dahinein sparten unsere Hände ihre Nußpfennige, und dabei handelten wir obendrein, wie die Bibel den Almosengebern vorschreibt, und ließen unsere Rechte nicht wissen, was die Linke tat, denn während wir einsackten, luchsten unsere Augen schon wieder hinter dem verborgenen Gut im Blättergewimmel her. Es war kühl, und der nördliche Wind brachte eine vom ganzen Tag durchsonnte reine Luft heran, spülte und wusch Äste und wirbelte Blätter herum, und man konnte vor der Schönheit des frischen Augenblicks die Welt vergessen. *Barlach: Güstrower Tagebuch*

Güstrower Marktfrauen, Federzeichnung, 1910
Aus den Güstrower Taschenbüchern 8.9 X 16 cm
Barlach-Nachlaßverwalrung Güstrow (Heidberg)

Sturm

Am Himmel fliegt eine klumpige Wolke wie ein schwarzer Sack, und der Halbmond hängt darunter wie eine silberne Gondel. Die Leute gehen vornüber, als stünden sie auf einem sinkenden Schiff, der Wind stopft ihnen Mund und Naslöcher und legt ihnen eine unsichtbare, schwere Last auf Brust und Schultern, daß sie keuchen und in Lastträgergebeugtheit vorwärtsschreiten. Den Menschen, die genug an ihren eigenen Geschäften zu tragen haben, denen ist der Sturm eine Wiege, in der sie ihr schlafloses Sorgenkind ein wenig zum Dämmern und Träumen bringen, aber den andern, den Sorglosen, Befreiten, den Gleichmütigen in ihrer gelangweilten Selbstüberdrüssigkeit und Selbstzufriedenheit, denen ist er ein Ohrenbläser, der von irgendetwas unheimlich Nahem raunt, die sind wie [vor] eine spanische Wand gestellt, hinter der das Schicksal irgendetwas Schweres aufbaut, das seine Ahnung in dumpfem Druck von sich läßt und über sie schickt. Und selbst die Leichtsinnigsten haben einen leisen Stich, ein Pünktchen auf ihrer glatten Seele, nur ein Bläschen von Stecknadelkopfdicke, aber wenn sie es spüren, kältet sie doch ein leiser Schauer, ob es nicht eine Blutvergiftung, ein erstes Zeichen böser Dinge bedeuten könnte.

Die Bäume lassen sich wiegen in ihrer Frömmigkeit oder schütteln, wie er will, sie wissens nicht besser, als daß alles kommen wird, wie es kommen muß. Die Erde, in der sie wurzeln, hebt und senkt sich auf der Windseite bei den stärksten Stößen, und dünne Risse öffnen sich einen Augenblick und schließen sich wieder, wenn der Stoß nachläßt. Die Pfützen und den Fluß überläuft es wie Gänsehaut, wenn sie den Wind spüren, aber wenn er ihnen stärker zusetzt und Furchen schaufelt, scheint es doch, als verführte sie der Leichtsinnige und Wilde zum Mittun, als versuchte sich das Wasser im Windwerden und als schlügen sie unversehens einmal über die Stränge des ewig Waagerechten. Da scheint das strenge Gesetz [der] Trennung von Luft und Wasser ein wenig gelockert, und die Farbe des grauen Tages fühlt sich schon wohl im sonst so schwarzen Wasser, das schlafende schimmert matt silbrig vom verschämten Lächeln der Lüsternheit nach luftiger Entartung, nach Erlösung vom ewig ehrbaren und stilstrengen Ichsein.

Nur die Wiese ändert keine Linie, aber vielleicht ist die Zucht des schweren Bodens am tiefsten gelockert, von einem Krampf der Hingebung an das Schmeicheln und ungestüme Bedrängen, ja, die Willenlosigkeit des wehenden Grases läßt die verborgene Durchdrungenheit der Erde von diesen Windseligkeiten ahnen, und am Ende ist sie die Verführteste von allen. Wie Maulwürfe wühlt der Schmerz in ihren Tiefen, daß sie bleiben muß, was sie ist; aber die Tausende schwarzer Häufchen liegen in Reihen und Kringeln doch allsichtbarlich da und zeigen, daß da unten etwas steckt, etwas Schwarzes, Schweres und doch Weich-Verlangendes, etwas Mystisches wie Schicksal und Seele; etwas, das wie ein Laster aufbricht und doch nichts ist als Sehnsucht und unwiderstehliche Triebe.

Tod und Leben, Relief, Bronze, 1916/17
50,7 X 43 X 3 cm
Im unteren Feld: Totenklage. In den oberen Feldern: Liebespaare. Nach
dem Hauptteil des Werkmodells auch die »Grablegung« in Holz (vgl. Abb.
7) Barlach-Nachlaß-Verwaltung Güstrow (Heidberg)

Weihnachtsfesttag 1912

Mildes, weiches und klares Wetter über den Feldern, alle Teiche tiefblau, ovale oder runde Gesichter mit Haar und Bart von gelbem Schilf. Weither blinken Seen, rechts der Parumer, links der Sumpfsee, und hinten, hinter der nächsten Erdwelle, weiß man, da gehts wieder hinab zum Inselsee. Man sieht nur milde Helle überall, man hört das Nichts des Windes an den Ohren vorüberstreichen, man fühlt seine unsichtbaren kühlen Hände an die Stirn tasten und über die Schultern streicheln. Die fernen Wege nach Zehna und nach der Gleviner Burg stoßen mit den regelmäßigen Punktlinien ihrer Chausseebäume aus der Stadt hervor. Das riesig geschwellte Meer der Felder trägt die Sanftheit seiner Gewalt im Sinken und Steigen seiner Bogen lautlos und doch heftig voran; die Vogelscheu-chen, sparsam verteilt, schütteln ihre grauen Lumpen wie einsame Segler. Der Mistberg, der wohl erst gestern zum Streuen hier abge-laden ist, dampft noch; und über ein anderes Feld, das schon unter der Mistdecke liegt, spritzt ein Schwarm von Geelgöschen, gelb und braun wie der Mist selbst, und läßt sich nieder in der weichen Wärme seiner eigenen Farben. Aber die tiefbraunen Streifen, wo frisch gepflügt ist, biegen im Zuge der Schwellungen ihre Blöße, die zu duften und in der Wärme leise auszuatmen scheint wie eine Seele von unerschöpflicher Trächtigkeit, neben den mattseidigen, grünen Breiten mit Winterkorn auf und nieder; sie sind die Großen im Strom der leisen und weichen Formen und Farben, sie wälzen sich tief und saftig, manchmal schwarzbraun wie schwarzes Brot, manchmal wie ein rauchgedunkelter Lederband auf ihrer Bahn, und gegen so ein unermeßliches Selbstgefühl versinkt die schüchterne Ferne zur Scheinlosigkeit und Formverlassenheit.

Tod und Sänger, Kohlezeichnung
35 X 25,3 cm
Barlach-Nachlaßverwaltung Güstrow (Heidberg)

Schulze und Spiegelschwab gehen über den Kamelshöcker

Schulze und Spiegelschwab sind Klaus und ich, denn wir haben in dem tiefen Teich an diesem ersten Tag des Jahres eine lange Bambusstange gefunden, einen Angelstaken, den man aber auch als Spieß ansehen kann, und Klaus meint, wir sind nun zwei von den sieben Schwaben, und [wir] formieren uns danach an der Stange. Der Kamelshöcker ist eine Aufbäumung des Feldes, bewachsen wie der Höcker eines Riesenkamels mit Baum und Strauch, zwischen denen wir uns in der Größe von Flöhen oder Läusen hindurchwinden. Selbstverständlich an der Stange. Der Mühlenkopf schaut wie ein Hase über den gewölbten Bauch des Feldes, dessen braunsamtne Weste mit grünen Grasborden eingefaßt ist. Er sitzt unbeweglich im Verborgenen auf dem Hintern und lugt nach einem Hunde, der ihn hetzen wird, die Mühlenflügel drehen sich auf und nieder, und so wackelt der Hase mit den langen beiden Ohren, denn die andern zwei der Flügel-Ohren hängen hinter dem Berge. Vor einigen Wochen fanden wir in einer eisernen Röhre ein totes Ferkel auf dem Kamelshöcker, das sich vom nächsten Hofe über die Felder dahin verirrt hat und sich in dem eisernen Rohr zu Tode gezappelt hatte. Heute sehen wir es schon von weitem weißlich und blond durch das kahle Schlehgestrüpp und finden es nur wenig verändert, stinken tut es gar nicht, und magerer scheint es auch nicht geworden, nur ein verdächtiger leiser Perlmutterglanz hat sich feucht und schleimig herangemacht, und an gewissen Stellen sind die Formen leise eingesunken und wie über widerstandsloser Weiche flach geworden; daß viele nasse Tage und Nächte drüberhingestrichen haben wie schleimige Hände, wollen wir gleichfalls herausfinden. Aus dem Gebüsch am kleinen Teiche, aus dem gelben Gezottel von Rohr und niedergesunkenem und feucht zusammengebacktem Schilf läßt sich bei unserem Tritte eine Eule los und legt sich gleitend als graues Federbündel in den kahlen Holunderbusch weiterhin, wird unsichtbar zwischen Grau und Gelb und Braun, hinter krausem Strauchwerk wie in einem Käfig. Und wieder, wie wir unsere Tritte zutreiben, wird ein leise zuckendes Federgebild von dem Graugelb abgelöst und hängt sich über unsere Köpfe weg ins alte Geröhre und löscht Form und Farbe aus. Nur zwei Elstern, zwei schwarzweiße Langschwänze, nehmen uns nicht ernst mit unserm Spieß. Sie löschen sich nicht aus und machen von unserm Dasein nur soviel Mühe an Flügelschlägen, als nötig ist, um zu zeigen, daß man der Situation mehr als gewachsen ist. Wir brauchen uns mit ihnen nichts einzubilden, heran kommen wir doch nicht, das sehen wir bald ein.

Holzsammler, Kohlezeichnung, um 1919/20
23 X 30 cm
Barlach-Nachlaßverwaltung Güstrow (Heidberg)

Landstraße am Abend

Rechts sieht man ein Stück des Sees, schlank und langgezogen. Der hohle Rücken des braunen Feldes gibt dem Streifen bleigrauen Wassers den unteren Rand, den oberen gibt ihm das eigene ferne Ufer, das seine Linie vorsichtig und peinlich genau so nach unten biegt, wie das Feld die seine nach oben.

Leute wie ich, die mit Holz zu tun haben und denen über Tag während der Arbeit das Betragen des Holzes, der Verdacht im Hinterhalt des Gemütes liegt, es könne ein Schaden vorkommen, es möchte ein Sprung sich unversehens und unliebsam erdreisten zu geschehen, kommen leicht auf den Gedanken, eine hölzerne Erde breite sich rechter Hand und hätte einen schweren Riß bekommen, so daß man den Himmel unterm Horizont durchscheinen sehe, so genau entsprechen sich des Himmels und des Sees trübgraue Farben. Links ist gepflügtes Feld zur Augenhöhe gestiegen und zieht schon weit von hinten her einen herrlichen Horizontbogen, in der Mitte vertieft wie für den Handgriff einer Titanenfaust, nach vorn zu ablaufend wie im Zittern eines Schusses gegen den Himmel. Des Bogens Sehne ist die Landstraße, nicht schnurgerade gespannt, sondern wie der Bogen vom gleichen Schuß erschüttert und gewellt. Aber man geht vorwärts und schlägt sich die gespaltene Erde rechts und den Titanentrotz links aus dem Kopfe, sieht zum Himmel auf und findet ihn wie eine schwere marmorne Platte, von matten Lichtstreifen abendrötlich geädert, sieht die Bäume der Landstraße und hängt sein formgeiles Auge an diese nackten leichten Gebäude. Keins ist wie das andere, keine blöde Eintracht, keine Massenöde ermüdet den Blick. Nein, er hüpft wie ein Vogel von einem zum andern, füttert sich immer munterer bei jedem neuen und schmaust sich durch die Allee nach Hause. Der erste Baum steht da wie ein riesiger Flitscher, der aus einem Götterblasrohr vom Himmel gestürmt und schief in der Erde stecken geblieben ist. Der zweite ist wie ein kurzgefegter, verbrauchter Besen, kratzbürstig und spitzborstig, aber mit einer melancholischen Gebärde, wie von Ärger und Lebensmisere ramponiert. Der dritte aber, wie ich um die Ecke biege, kann auf den Zeichenbogen des Himmels herrlich groß und doch zierlich mit Kohle hingerissen sein, ein breites Eirund senkt sich vom Gipfel nach beiden Seiten, aber unten zerfasert es sich gleich Nackenlocken eines Knaben, wie es vom träumenden Sinken und Gleiten zurück leise hochschwingend vom Stamme eingesogen wird. Mit einem matten Tuschstreifen hat der Maler diesen Umriß gegen den grauen Papierbogen vertieft, und das Bild ist so zart, daß man fürchtet, einen Wind zu hören, der die schwärzlichen Stäubchen, diese gehauchten Schatten, von Zweigen und Ästen fortblasen könnte.

Ein anderer Baum steht da wie das Lungenorgan der Erde, das mit tausend spitzen Röhrchen am Himmel saugt, das vom Himmel viele unendlich kleine Himmel löst und durch gebogene Adern zum Stamm und durch den Stamm in die Erde leitet. Da steht weiterhin wie eine riesige Stimmgabel ein zweigespaltener Baum, seine Stämme stoßen das Gewoge der Äste um sich wie sichtbar gewordenes Getön, das aber durch geheimen Bann an Vater und Mutter hängen bleibt und sein Klingen wie einen Dunstkreis eng um ihre selig nebeneinander hochgereckten Körper zieht. Und dann bildet die Flucht der dichter stehenden Stämme Domfenster zwischen ihnen, Astbogen schneiden vom Glas des Himmels breite und schlanke, überzart gotische und wuchtig romanische Gespenster von Fenstern aus, daß die Wölbung der Lindenkronen zum unendlichen Kirchenschiff wird.

Weidegang am Abend

Aus der Stadt das Licht fängt sich in der feuchten Luft und hängt wie ein verankerter trüb-leuchtender Lichtschaum geballt oben fest. Aber vorsichtig leises Ausklingen des Lichts hinein in das Dunkel-Meer ringsum läßt sich nicht abhalten, weithin zu lispeln. Wer auf der Weide geht, sieht die Fläche nahe der Stadt gegen den pech-schwarzen Waldstreifen unwirklich wie dünn überschneit daliegen, kann auch keine Falten oder Flächen in diesem Helldunkel finden und denkt, da man kein Streichen des Nahen zur Ferne wahrnimmt, dieses Düster-Weißliche könnte ebenso gut ein langes, dünnes Leintuch sein, mit dem die Weide umsteckt ist. Aber wo der Licht-schaum über der Stadt am allerletzten angetrieben ist, wo seine letzten Spuren hingeschwommen, bei der flachen Wölbung auf der Weide, wo die jungen Lindenbäume in ihrer Dünne jämmerlich frieren und im feuchten Wind seufzen, da ist der Grund des schwarzen Luft-Meeres, das bis zu den Wolken geht. Nur hier und da wird das Heben und Senken des Bodens der Weide im Schwarzen deutbar; da spielen sich wie durch krumme Wirbel auf krummen Wegen die allerletzten Lichtstrahlen hin; angstzitternde Neugierige haben ihre Art; das Leuchten und Schimmern ist In-sich-zergehen-lassen und bringt es nur noch zu einem sportlichen Ergrauen, zur Schauererhellung in Gespensterscheue.

Aber der Abendgang führt weiter im Dunkeln, man stolpert über Maulwurfshügel, und die Füße treiben ein Vermutenspielen mit den Dunkelrätseln des unsichtbaren Bodens. Aber alles Wasser ist ein Lichtverwandter, selbst bei stockfinsterer Nacht. Wenn der Abendgänger seine Stirn gegen die leuchtende Wolke über der Stadt kehrt, sieht er den Tümpel, der stadtwärts liegt, sein Kreisrund wie einen leuchtenden Schatz gegen alle zudringende Schwärze bewahren. Und selbst der Nebelfluß gegen den finstern Osten ist mit tiefem Bleigrau überzogen, und wenn man an seinem Rand längs auf Deichhöhe langsam wieder gegen Wind und Westen streicht und die Stadtatmosphäre schwimmen sieht, hat auch die Nebel schon den Schleier abgestreift, läßt sich vollstreuen vom Glanz und versenkt in sich den Abgang vom Licht der fernen Straßen. Wenn man aber dabei an Gräben kommt, die schnurgerade im schwarzen Wiesengrund gerissen sind, dann sieht man ihre ganze

Länge hell hindurchblitzen, wie man vorübergeht; nur ein Schritt vorbei, und beim selben Schritt sieht man sie wie eine glänzende Lanze durchs Finstre schießen und verschwinden.

Mitten in der Lichtwolke aber steht ein matter Stern, das ist das erleuchtete Fenster des Türmers, und da, wo am Rande der Stadt hinter Bäumen ein starker Schein aufsteigt und sich im Trüben und Feuchten verliert, hebt sich schwer der Schatten der Bäume wie eine Rußwolke auf und baut sich immer höher ins neblige Wetter hinein. Wenige Außenstraßen sind aber von ihren Laternen begleitet, ein Zug von Auswanderern aus der hellen Heimat in die dunkle Fremde, und ihr ungemütliches Stechen scheint Verachtung aller der Lichtgeselligkeit und Wärme zu bedeuten, und ihre Träger scheinen unbehagliche Absonderer zu sein, die gegen einander kalt und bissig sind, wenn sie auch in Reihen zum Tor hinausmarschieren. Man könnte auch denken, es wäre ein Leichenzug von Lichtern, die ein Verlöschtes im Dunkeln begraben wollen.

Frost-Sonntagsmorgen

12. Jan. 1913

Alle Erde, jedes Feld, jeder Weg ist im Ostwind vertrocknet, im Frost eingedickt, gehärtet, erstarrt. Das Eis der Teiche und Tümpel trägt, aber ein wenig knarrt es doch, wenn man den ersten Fuß drauf setzt; Schlammgewächs, Grasbülten und was im Wasser hängt oder überm Grund schwebt und lagert, rucken unterm Eis, wo man über sie schreitet, als duckten sie sich beiseite. Und der feingestäubte Schnee hat Rillen und Furchen, Hänge und Hecken gesucht, überall, wo der Wind nicht stäuben kann, wo Ruhe ist »achtern Oewer«, da sitzt Schnee wie frischer Schimmel anzusehen. Die Mühle mahlt frostigen Ostwind, schwingt die Flügel, als müßte sie sich wärmen, und läßt das Gesaus der Windwirbel zwischen schräg gestellten Flügelbrettern durchdrängen und ist so heftig am Werke, als wüßte sie, wie viel tausend Meilen der Osten tief ist, den sie durchzufiltern, zu zerreißen und zerfetzen, zu Windmehl zu mahlen auf dem robusten Rücken ihres Stand-Hügels, von den Feldern ringsum mit unbeschränkter Ellbogenfreiheit ausgestattet, berufen ist. Vom Kamelshöcker sieht man sie in ganzer Gestalt und hört ihr Sausen gegen den Wind. Aber in dem Dornwerk und Ge-sträuch saust der Wind wie ein ewiger Kälteschauder, selbstklagend und Klagen erpressend, unter dem Wipfel des niedrigen Baums liegt der Mist der Krähen, die wir von weitem schon, vom Wind durcheinandergedrängt, aber über demselben Punkte hängend, die gemeinsame Not gesellschaftlich bekrächzen hörten, und die Reh-spuren im harten Boden, zwei gegeneinander gestellte Kommas, die schon vor einer Woche der weichen, saftigen Erde eingestochen wurden, stehen beim Frost wie scharfe Fußeisen für Däumlinge schnappgierig überall auf grausamer Lauer. Von wilden Gänsen hängt ein Keil in der Luft und zielt seinen Riesenpfeilschuß grade auf den Sumpfsee, von dem sie aufgestanden sind, dem Winter-quartier nördlicher Gäste. Harmonisch klingt ihr Geschrei, was auch der klavierspielende Bürger sagen möge, von kalter Höhe durch den strömenden Ostwind herab. Kein Beklatschen gemein-samer Not, denn von Not ist vorläufig kein Anzeichen da. Eher könnte man es als das zufriedene Ächzen des Winterwetters nehmen, das nun endlich so etwas wie Kristallisierung seiner Art spürt und dabei ein Knacken in den Winkeln, ein Knirschen in den Fugen nicht lassen kann. Der Winter streckt sich behaglich übers Land, da schnurren aus seinem Behagen allerlei Töne heraus, und da streckt sich das Biegsame und unsicher Geformte langsam zum Starren und zieht sich zum Harten zusammen.

Gen Osten

Das Beil des Halbmonds steckt wieder blank im Himmel fest, nicht weit davon steht der Abendstern, verwunderlich groß, wie ein Mond-Junges anzusehen und mit ihm verbunden. Der Fluß ist voll Eises, gutem, schwarzem in der Mitte, wo auch noch offenes Wasser vom Wind klein gefaltet wird, Leben, das noch schaudert in Winterkälte, und weißlichem, schlechtem an den Rändern, und aus beiden Sorten von spiegelndem, totem Wasser zieht der Mond mit durchdringendem, leisem Tasten und Kitzeln dünner Strahlen gespensterhaftes Leben hervor. Jenseitsgefunkel, das sein Geheimnis herausplaudert und doch rätselhaft bleibt wie die Geheimnisse, die uns in fremder Sprache anvertraut werden. Aber das alles bleibt hinter mir, denn grade gegen den Osten auf den steigenden Orion los geht der Weg des Beliebens und der Andacht über hartgefrorenes Wiesenland, nur der Schatten zur Linken, etwas voraus, geht wie der gute Kamerad in gleichem Schritt und Tritt, aber er ist nur der Schatten eines Schattens, schwach, als hätte der Boden sein bißchen schwarzes Blut getrunken. Der Sternkaiser ragt schon über den Wald, nur der rechte Fuß ist noch unterm Horizont. Himmeldurchstürmendes Drohen geht von ihm aus, majestätischer als je, und der Strahl seines unsichtbaren Zepters muß wohl wie ein Türkensäbel krumm über die Himmelskuppel geißeln und schwirren, denn alles am Himmel sonst steht starr im Reigen-Aufzug, streng eingeteilt nach Norden, Süden und Westen, angetreten zum Vollzug der allnächtlichen großen Tanzfigur, deren ungeheuer langsamer Schwung den Orion bis drei Uhr nachts an den leeren Platz bringt, den vor einer Stunde die Sonne verlassen hat, und in der der Wagen den Himmel rückwärts hoch empor über den Polarstern wegrollt und die Deichsel, den großen Zeiger des Himmels, nach dem heiligen Osten richtet, wo die Sonne wieder kommen soll.

Gegen den Orion geht es zu, und gegen den grausamen Wind, der wie schneidender Atem die Majestät vor ihm heranbläst. Wie zwischen Sternen herab klingt das Schreien unsichtbar fliegender wilder Gänse, und man weiß nicht, ob in der Ferne des Raums oder der Zeit das aufgeregte Geschnatter wilder Enten, die wohl der Hund, der zwischen Zeit und Raum wie ein Wollknäul hin- und hergeworfen wird und überall und nirgends ist, von einer ungefro-

renen Wasserstelle aufgejagt hat. Der Entenflug – ein Kastratenge-
zänk in den Lüften; aber aus dem Flug der wilden Gänse scheinen
die Stimmen stoßweis erpreßt vom Anprall an querfliegende Baßno-
ten. Die kalte Herrlichkeit der Orion-Nacht bekleidet den Mecha-
nismus des Ultra-Begreiflichen; wer aber schaut und staunt, dem
wird Schauen und Staunen und er sich selbst zur Unbegreiflichkeit.
Je mehr Welt er in sich fühlt, desto mehr Ich ist er selbst, und
schließlich denkt er bei sich und kommt sich sogar logisch und
nüchtern vor: das wahre Ich ist das Ultra-Ich.

Eis, Schnee und Januarwetter 1913

Vorgestern schon war dem Ostwind die Puste ausgegangen, und gelinderer Süd oder West von atlantischer Bastardmischung, vorläufig ohne Nordseeabkunft, nahm sich des Winters an. Mit Wässerigkeit schlechthin, wonach es deutlich roch, wagte er den Ost nicht gerade abzulösen, aber Schnee brachte er, wenn auch feuchten, und der weißliche, dickgewölkte Himmel machte es sich auf allen Feldern und Breiten fern und nah bequem, er kam einfach herunter und nahm überall vorlieb. Im Dämmer des Abends gingen die Felder mit dem Himmel in eins, und wer so im Schneetreiben stand, mochte getrost denken, er stände im Himmel. So etwa, denke ich mir, schneit unsichtbar und andersgeartet die Elektrizität und der Magnetismus durch alle Welt, und doch bleiben wir mitten drin, was wir sind, wie im Schneetreiben des Himmels die Menschen Erdentreter und Erleber irdischer Dinge sind. Aber das Bild ist doch anders, das Weiß-Grau überall hat die Welt für die Augen verwandelt und alle Schwere, alle Wucht und Niedergelegtheit der Erde auf Ewigkeit für den Beschauer aufgehoben. Aber plötzlich, wie man dem kleinen Teich am Kamelshöcker zustrebt, sieht man wie aus einer fremden Welt einschlagend überm Schneehügel, der mit dem Himmel eins ist, die schwarzen Mühlenflügel sich umwälzen, und kann sich doch den Hügel, der den Mühlenleib verbirgt, leicht als ein Stück Himmel denken. Sie schlagen wie toll um sich inmitten all dieser zimperlich-jüngferlichen Mattweiß-Ruhe. Kobolzende Kobolde im Himmel, frech und voll Höllenenergie in wütiger Lustigkeit, brechen sie wie durch einen Spalt in einen Papierbogen ein und schlagen rückwärts wieder hinaus. Auch der Teich hat sein Laken überbekommen, aber Schlittschuhläufer haben es gezerrt und in Falten gezogen, auch wohl ein Loch hineingeschlitzt und weithin gerissen. So ist er voll dunkler Bogen und Haken und wellender Züge. Die Schlittschuhläufer scheinen das Tuch in tausend Schnitzel teilen zu wollen und haben eine fröhliche Schlenkerwut in den Beinen gleich Mühlenflügeln, fahren ohne Ziel auf und nieder, gradeaus, rundherum und querdurch, keine andere Teufelei im Sinne als zu tausend und tausend neuen Streichen mit scharfer Stahlklinge. Oder ist es eine Ernte im Schnee; fast scheint es, als flögen die Schlittschuhe wie Sicheln durch unsichtbares Korn.

Der Klaus stolpert eifrig über hartes Ackerland zum Teich, und wir betreten den wässerig vom Westwind immerhin gewärmten Schnee, der so glatt überm Eis liegt wie auf einem Glasboden. Wo unser Schlitten, wenn wir umbiegen, im Schnee eine breite Gasse fegt, sieht man das Unheimliche des Grundes in tausend Luftbläschen im Eise stecken, wir steigen über verzauberte Luft und lassen den schwarzen Teichgrund mit seinen pflanzlichen Gespensterformen unter uns brüten. Die beiden Jungen kennen schon ihren Klaus, er kreuzt und befährt denselben Schulweg und hängt sich an die Großen mit den weiß und roten Mützen. Er wird gefragt, ob er über den Teich hin Vorspann braucht, und willigt ein oder sagt ab mit unbedenklicher Schroffheit. Bald will er selbst den Schlitten schieben, bald lädt er sich ein Heufuder von Menschenfracht darauf und zieht ihn am Bändchen mit festen Tritten in dem Schnee ein Stück vorwärts. Aber dann kaufte ich ihm die ersten Schlittschuhe, die lagen zu Mittag auf seinem kleinen Eßtisch, und als ich eintrat, kehrte er ihnen wie genierlichen Bekannten, die er doch sehr liebt, den Rücken; gewann aber schnell Vertrauen und übte sich mit Schnallen und Schrauben. Heute am Sonntagmorgen bei Nebel und leichtem Frost waren wir am Teich wie vorgestern. Der Schnee war weg, und die zweimal auf- und zweimal tief schwingende Linie der braunen Felder legte sich um das Rund wie die Fassung eines Schmuckes. Das Eis glänzte glatt und hart, und er saß nieder auf einen Grashügel und hielt die Füße zum Anschnallen hoch, dann trappelten sie, nämlich die Füße, zuversichtlich übers Ufergras aufs Eis und fochten sich mit Fehlstreichen und dieser wohlgemuten Ahnungslosigkeit aller Schwierigkeiten über den unschuldsblanken Boden mit den hundert Fallen und strampelten und ampelten, schleiften und wackelten mit allem guten Willen und [aller] Begierde. Der buschige Kamelshöcker war ausgewachsen und verblaßt von Nebel, und ein paar Krähen schwammen wie auf Irrwegen, vom Weißgrau übertuscht, in der eingedickten Luft vorbei. Aber am Nachmittag, nachdem er auf seinem Spezialruhebett aus Stuhlarchitektur neben mir mit der Spieldose gewacht und mich Punkt zwei Uhr unbarmherzig zum Wachen gebracht, fuhren wir mit der Bahn nach Primerburg und verbrachten eine Stunde im schneeigen Wald, zwischen weichen Nebelwitterungen und vergrauenden Waldhintergründen, er die Hundeleine in der einen, mich an der andern Hand, stiegen über aufgeweichte Decken der Rasenhügel und machten einen Halbzirkel über die Weide von Waldrand zu Waldrand. Hier sieht man die nahen Heidberge als unkörperliches Dunstgebilde lagern und Baumgruppen nah und fern über die Flächen immer mehr im allgemeinen Nebelgrau einschlagen und vom Dunst entstaltet und ausgelaugt werden. Aber was hilfts, seine Seele ist hungrig, seine Augen laufen noch spielend durch alles hin, decken auf oder lassen vorübergleiten, was in Formen und Farbe um uns starrt oder bei langsamem Vorwärtstreiben uns umkreist. Seine Seele will Futter, – Däumlingsgeschichten, und Däumling, auf der Suche nach den gläsernen Vettern und Oevelgönne, war gerade aus Island in Rostock angelangt, und so versetzten wir uns aus dem kulissenschiebenden Nebelwald an die Warnow.

Januar 1913

Der Teich, wie ein Stück Mystik, tief unten zwischen Felder gelegt, seufzt unterm Frost, und die Schläge, sein Rumoren, sein Sprengen schmaler Schnitte und Risse im Eis klingt wie ein Auf schauern innerster Tobsucht, wie schreckhaftes Schluchzen, das eine Faust erstickt, sowie es hervorbricht. Dies Rohrgebüsch, das sonst im Wasser watet, steckt jetzt mit dünnen Stengeln fest im Eise, und im Ostwind, wenn er über den Hang einen Sturz bissig kalter Luft niederschüttet, wiegen seine leichten Wedel; dann zieht es im ganzen Zug dieser Wand dünner Linien gleichmäßig und dehnt sie hin und läßt sie her wie ein Gewebe, an dessen Rand von ferne eine Hand zerrt. Am Himmel liegt stellenweise ein Blau, wie verdickt und erstarrt, und an andern Stellen ist es vom schauernden, kratzenden Winde mattgeschabt, und man denkt, schauernd in seinen dicken Mantel geschmiegt: da, da friert die Ewigkeit unter entsetzlich dünner Decke, die arme, arme Unendlichkeit! Alles verliert den Mut, außer den wilden Gänsen, die spalten mit ihren riesigen Keilen die Schichten des Himmels, und ihr hartes, stoßendes Schreien fällt mit unsichtbarem Gespan nieder, man denkt, der Himmel reißt hie und da und immer wieder unterm Ansturm des Keils auseinander. Aber der Keil zittert in seinen Flanken wie im Stoß gegen eine harte Stelle, und seine graden Linien fangen an, sich zu biegen, und die Bogen stemmen ihre Kraft gegen die scharfe Spitze und stoßen ihn wieder vorwärts. Das Gansgeschrei klingt wie Hohn auf diesen spaßhaften Frost, der niemand solchergleichen auf den Schnabel fällt; diese Gänse vom hohen Norden beißen im Übermut ein lustiges Stück aus der Kälte und zerfasern es gleich himmlischen Eisenfressern und Glasbeißern. Es klingt gegen das dumpfe Rumoren des Eises im Teich wie Lachen von Tollhäuslern über eine schauerliche Geschichte, die erst grade so recht den Bauch zum Lachen kitzelt.

Der Klaus gibt Ruh

2. Febr. 1913

Klaus' Hosen, wenn er ausgezogen ist und liegt, sehen so recht zufrieden aus, auch einmal ruhen zu dürfen, so recht wie ein paar Läufer und Springer, die nun, wie der Hase von Buxtehude, im letzten Sprung zusammengebrochen und verschieden sind – und er hat seine Decke über den Kopf gezogen und weilt an den Gestaden des schlafenden Meeres vom Jenseits.

Heut hat er vielfache Verwendung seines Geldes vorgenommen. Für 5 Pf. holte er 2 Stück Kreide für die schwarze Tafel, und mit je 20 Pf. hat er seine zwei Freunde abgelohnt, die ihn, weil sie schon ein Schuljahr hinter sich haben, unterrichten mochten im Lesen und Rechnen. Den Rest von 50 Pf. hat die Großmutter gerettet und weggesteckt; nun ist die Herrlichkeit dieses lose klimpernden und blinkenden Schatzes im Versteck meines Zahlbretts im Sekretär dahin. Zu Abend ist er gebadet. Dazu stehen drei große Töpfe auf dem Herd, und die Wanne kommt in die Stube; wenn dann das Wasser gemischt ist, hat er sich schon auf dem Sofa ausgekleidet, wie man das so nennt. Die Hose läßt er herab und stemmt dann die Hände gegen die Lehne des Kanapees und beginnt hinten auszuschlagen wie ein wütendes Pferd, solange bis ihm das Kleidungsstück hinten wegfliegt. Die Strümpfe zieht er den Beinen schräg über die Füße weg ab, bis die Spannung so stark wird, daß sie wie aus der Pistole losgehen und einen schlenkernden Satz durch die Luft machen. Das Unterzeug muß die Prozedur der Hosen erdulden, und das Hemd streif ich ihm über den Kopf. Dann ins Wasser. Da schwimmt schon das holländische Schiffchen aus Amsterdam mit braunen Segeln und dickem Bauch, er selbst ist eine Insel und läßt das ahnungslose Schiff leise herantreiben, als ob Sindbad der Seefahrer darauf wäre, und das wässerige Geschaukel geht über seine dünnen, schlanken Glieder hin, die ich nun schon sechs Jahre Zoll für Zoll habe sich strecken sehen und deren Umrisse sich im Wasser schwingen, verzogen und lebend, als könnten sie vom Tagestanz noch immer nicht lassen.

Begräbnis

Der Mann im Stock, Eichenholz, 1918
73 X 46 X 46 cm
Kunsthalle Hamburg

Am 2. Februar fuhr ich zu Tante Minnas Begräbnis nach Mölln, sah wieder einer Verwandten Sarg unter Kränzen zwischen Lichtern stehen, hörte wieder eines Pastoren Amtsrede und sah wieder einen Verwandten-Sarg in der Grube verschwinden, warf wie die andern drei Hände voll Sand. Auch die Möllner Leichenträger haben Galgengesichter. Alles geht ineinander über. Hinfahrt und überraschendes Zusammentreffen mit Onkel Karl in Ratzeburg, munteres Befragen und flaues Abwarten im Schneemorast. Hinstarren auf Kränze, Blumenduft und Grabrede in der Kapelle. Ja, was sagte er doch, der Pastor, was kann er denn sagen, fragte man! Hat er Worte, die mit ihren Zaubern die Gestalt des bekränzten Sarges vor den Augen verschwinden lassen? Hat er Gedanken, die nicht durch die Mühle eines kritischen Gehöres rinnen müssen? Die wie ein frischgeschaufeltes Grab, das Geräusch hochgezogener Seile, das Getue der schwarzen Grabteufel mit ihren Aasmienen auf die Sinne wirken? Kann er das Verschwinden hinter einer Erdwand verschwinden machen? Können seine Lippen das Scheiden fortlügen? Riecht seine Zuversicht so durchdringend wie die Grabkränze? Dröhnt sein Trost in unser Gehör so siegreich, wie uns das hohle Trampeln dicker Stiefel der Spatenmänner auf den Seitenbrettern des Grabes im Ohr hängen bleibt? Wie will er das Poltern von nassem Sand auf einen Sargdeckel übertönen, vielleicht mit einem Vaterunser? Und das Schütteln einer Tochter, als der Sarg unterging, was für eine Faust ist das, die der Augenblick anwandte? Will der Pastor mit seinen Händen dagegen boxen? Nein, wir sind den Elementen anheimgegeben, und sie suchen unser Elementares und wissen damit umzuspringen, daß wir tanzen oder starren.

Und nachher tat der Kaffee so wohl; der wendet sich, ebenso gut wie Zigarren und Likör, ohne Umstände an unsere Seele, und der weiß ohne Worte zu trösten. Nicht daß ich trostlos war, daß meine Tante Minna im Alter von 75 nun dahingegangen, aber ich hatte doch hören und sehen müssen, was Kaffee und Zigarren aus der Erinnerung zu scharren lieben, darum spürte ich, wie es tat.

Onkel Karl ist ein forscher alter Herr mit einem Humor, der die Flegeljahre noch nicht ganz vergessen hat, und einem getrosten Blick über das Gesamte dazu, daß man merkt, er glaubt ans Schicksal und läßt seine Manieren gelten. Er pafft seine Zigarre und denkt nicht lange über die Dinge nach. Sind sie ihm über, dann mögen sie in Gottes Namen so frei sein, ist er ihnen über, so kriegen sie ihr Teil ab.

Wir reisten zurück nach Lübeck, zusammen, und ließen uns die Zeit nicht lang werden. Wenn wir uns mal in Berlin träfen, würden wir uns die Zeit gewiß noch besser verkürzen.

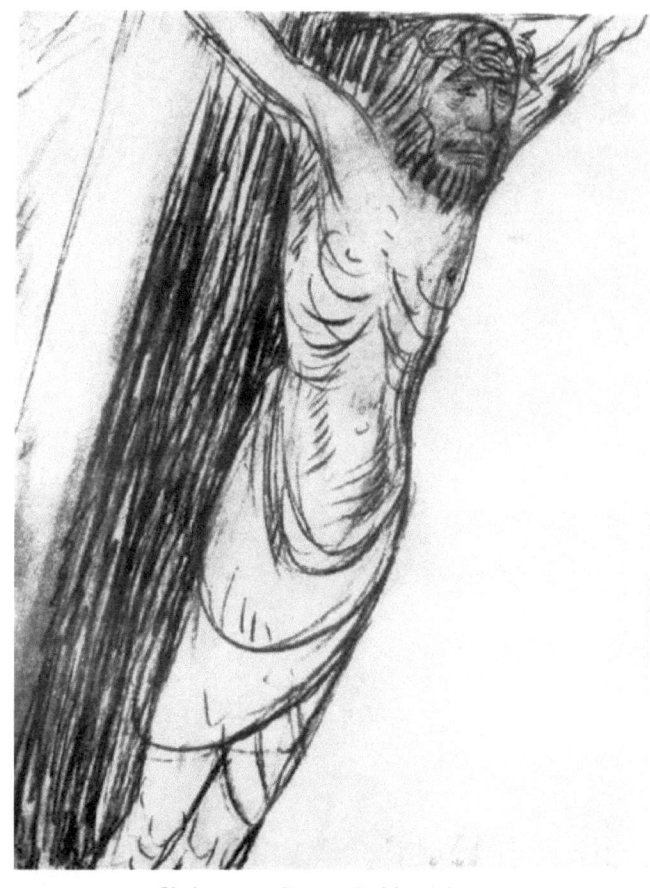

Christus am Kreuz, Kohlezeichnung
Gehörig zum 1929 erstmalig veröffentlichten Prosa-Fragment »Die Zeich-
nung«
Priatbesitz Berlin

Moritz der Hund

15. Februar 1913

Nun ist ein Schatten im Haus, der spukt in Moritzens Ofenecke, wo sein Lager war: denn wo ein weißliches Knäuel drolliger Fröhlichkeit fehlt, wo statt zweier Wandel-Augensterne, in denen man auf Hundeart gespiegelt wird, Ungewohnheit graulich hockt, da spürt man das Nichtige, das blinde Schattenhafte, und ein Schmerzlein fängt an, sich irgendwo in der Brust zu krausen, wie eine Blase, es ist ein entzündetes Pünktchen, das beim Dranstoßen in einen Strahl von Bittergefühl ausbricht.

Moritz fegt nicht mehr mit dem Bauch Wiesen und Felder, sein Gebelljauchzen, wenn er ein jagdbares Tier aufstöberte, steckt fest in seinem Maul wie eine tote Maus. Seine Trommlerstücke, wenn wir uns nach längerem wiedersahen, sind ausgewirbelt, sein Hinterteil, wenn er sich schüttelt, fliegt nicht mehr, daß es aussieht, als zöge ihn etwas an den Hinterbeinen hoch, er tappst mir nicht mehr nächtlicherweile aufs Bett, um einen Gruß auszutauschen, wenn ich wache, sonst aber wieder still aufs Lager zu schleichen, – – – daß seine Augen nicht mehr wie zwei Löcher die Scheinwelt durch sich hingleiten lassen, seine Nase die Dunstwelt nicht mehr durch sich hauchen läßt, daß er nie mehr ein Konzert zusammenriecht, wenn er mit Hinz und Kunz, Stein und Bein, Ecke und Winkel zusammenstieß, das macht die Welt um eine Furche fataler.

Aber warum, Moritz, war der Magen so schwach? Wie kann eine Hausfrau am frühen Morgen Gebrochenes auf dem Boden finden, ohne schmerzlich zu trillern? Warum wohnte der Tierarzt Theobald auf dem Wege zum Bahnhof, als ich ohne Frühstück, satt vor Ärger, dachte: »Nun nimmst du mal die Alte beim Wort und schaffst ihn ab.« Er wurde in einen Stall gelassen und zwei Mark bezahlt. Den Rest besorgten Herr Theobald und Blausäure.

Nein, lieber Moritz, zum Schluß fällt mir etwas Besseres als Grabschrift ein: Warst du nicht, du Knäuel fröhlicher Flüchtigkeit, ein Huschen spukhaften Lächelns der schwerernsten Erde aus einem Zug ihres Gesichts in den andern?

Der Blinde und der Lahme, Relief, getönter Gips, 1919
54 X 28,5 X 4,8 cm
Kunsthalle Bremen

So leben wir

18. Febr. 1913

Warum setzt Mutter abends vorm Zubettgehen ihre Blumenstöcke, die Araukarie, die Azalie mit einer Blüte und ein anderes Pflänzchen vom Blumentisch aufs Büfett rechts vom Fenster? Weil sie dort von der Morgensonne gleich die ersten Strahlen bekommen, wenn sie über dem neuen roten Dach hinten im Garten aufsteigt. Das ist ihr Letztes am Abend, damit ein Haupterstes am Morgen vorgesorgt ist. Und dann, wenn die Sonne am Tag von rechts des Zimmers nach der Mitte und langsam bis vier Uhr an die linke Wand gelangt, zieht sie mit den Töpfen hinterdrein, und die Araukarie kommt sogar auf die Kommode hinten im Zimmer, denn da flaut die Sonne ab, aber ihr Licht ist, wie ein dünner Kaffeeaufguß für Kaffeetanten, immer noch elementar und annehmbar für Stubengewächse. Jetzt, wo der Klaus mit seinem Keuchhusten ihren Schlaf mindert und sie ins blaue Zimmer getrieben hat und da ich bei ihm liege, jetzt darf die Wanduhr über Nacht ticken, so viel sie mag, da hinten stört sies nicht, aber früher nahm sie das Gewicht ab, und das Werk stand – – – das war ihr Allerletztes am Abend. Und so stand die Uhr von 10 Uhr an bis da, wo das Gewicht morgens wieder angehakt wurde, denn das war ihr Erstes am Morgen, und das war im Winter bald nach sieben. Dann mußte ich die Uhr zurückstellen von neun bis sieben, das sind zwei Stunden. Das ist im Winter. Im Sommer schiebts sich etwas auseinander, aber nicht viel.

Nach dem Tee am Nachmittag geht sie an die Luft, und ich bleibe beim Klaus im Haus. Wir spielen und bauen aus Tischen und Stühlen eine bessere Zukunft oder Phantasie-Vergangenheit. Ein Schiff, da sitze ich im Lehnstuhl hinten, am Steuer, Klaus auf dem Tisch sitzt auf dem Schlitten, der Kommandobrücke, und zündet, so oft die Kriegslage es verlangt, den Leuchter an, das tut er am liebsten. Auch kriecht er unter den Tisch und spricht vernehmlich mit dem Maschinisten, klopft auf mein Kommando auf die Tischglocke und läßt das Schiff volle Fahrt machen oder halbe, je nach der Kriegslage. Auch kanonieren wir gewaltig, das ist das Beste und macht viel Lärm, aber seitdem die alte Feuersteinschloß-Pistole keine Funken mehr gibt, ist der Spaß aus. Da bauen wir auf dem Tisch und mit Stühlen rund herum als Wall und Wachtgang die Burg Ratzenstein, und Klaus ist Herr von Ratzenstein, ich sein alter, treuer schlechter Knecht. Der Molly aus Plüsch sitzt überm Torweg und hat die Verantwortung für alles. Einen großen, viereckigen Burghof haben wir natürlich, und nachts wandere ich hinter der Mauer und liege wachend rastlos da, während Herr von Ratzenstein mit Schlafen beschäftigt ist. Unterm Tisch ist das Gemach, da haben wir auch eine Bibliothek, und wieder, wenn wir in Winternächten, umheult von Sturm und Wölfen, uns auf unser besseres Selbst besinnen, zünden wir den alten braven Leuchter da unten an und lesen beim Schein des tröpfelnden Wachses, während Klaus mit den Fingern an der Flamme hantiert, die Geschichte von der Jungfrau Maleen.

Dann, wenn es morgent, rüsten wir und lassen Paul und Liese satteln, bewaffnen uns, stärken uns mit Hummer, Lachs und Bärenschinken und reiten aus, lassen die Pferde auf dem Bauernhofe, das ist mein Bett, und baden einmal im See, das ist der Teppich der Weihnachtsstube, dann schleichen wir weiter übern Korridor, in die Küche und zur Speisekammer, wo ein Bär erlegt wird, natürlich auch ausgeweidet, und während Herr von Ratzenstein voranschreitet, wanke ich stöhnend über Fels und Waldpfade mit der Zottellast hinterdrein zurück. Auf dem Bauernhofe kaufen wir für den Burgbedarf fünfzig Hühner, sieben Ziegen und drei Kühe, dann gehts heimwärts, und Ställe für das Vieh werden ausgemacht, und wie nun der Abend wieder da ist, wird von neuem der Leuchter unterm Tisch angezündet, und wir lagern uns wieder, müde von den Tagesstrapazen, um des Lichts gesellige Flamme beim Buch auf dem Bauch.

Der Mantel ist mehr Flick als Stück
Holzschnitt, 1922
11,5 x 8/6 cm

Dann klingelts draußen, und Mutter ist wieder da, und somit ist der Ruin Ratzensteins besiegelt, Stühle und Tische sind wieder Stühle und Tische, ich bin wieder der Bildhauer Barlach und durch-

aus kein schlechter Knecht, greif nach meinem Paletot von Rudolf
Herzog und mache zum Abendgang mobil. Moritz ist nicht mehr
dabei.

Draußen mischen sich Ostwind-Klarheit und Februar-Frost hinter
den heiligen Feldern, die so unter dem Himmel hinschmachten und
sich so demütig hinanbiegen, so Unermeßliches betend anbieten,
daß man ohne Spott sagen kann: »heilige« Felder; hinter ihnen, über
sie her, in sie hinein sinkt die Sonne, von hinten her weißlich mit
einer ganz dünnen Perlmutterglanzschicht macht das Wunder des
Vollmonds am Himmel auf seinen bescheidenen, verblaßten Welt-
ruhm aufmerksam, und zwischen beiden so hin auf dem geschlän-
gelten Weg von Ost nach West: ich. Zwar die Beine sind ganz rüstig,
doch das Herz weniger, aber wenn man die kalte, klare Luft beim
Schreiten wie etwas Neues und Besseres in sich saugt und den
Atem wie etwas Schlechtes, Bitteres ausläßt, dann schafft man sich
die Vorstellung von einem Austausch und wirft seine Sinne den
Formen und Farben entgegen und reißt all das geahnte Gewünschte
in ihnen wie die Ersatzteile und Bausteine zu einem Besser-Ich an
sich und doppelt und dreifacht sich zum Über-Ich durch das Mittel
der Ahnung dessen, was an Bedeutung und Sinn hinter aller Farb-
und Formhülle waltet. Nur zu, hallt es hinter mir, es wird schon
besser werden, wenigstens anders, und wer Glauben hat, braucht
um Trost nicht bange zu sein. Die Rehe, die da braun auf braunem
Acker, aber hinten weiß gepunktet, wie ein Siebengestirn am Boden
stecken oder am Felderhorizont wie zierliche Schatten aus der Erde
dunsten, halten mich wohl für nichts Besseres als eine wandernde
Vogelscheuche, zum Unterschied von dem stocksteifen Dutzend
rassiger Lumpenträger, die wie holzknochige Gespenster gegen das
Feldgrau grau oder gegen den Himmel schwarz, entsetzlich men-
schengespensterhaft, mit Schreckgebärden aufstehen, denn einzeln,
wie sie sind, fängt sie der überraschende Blick ein, und so können
sie ganz gut plötzlich aus dem Boden gekrochen oder vom Himmel
niedergesprungen sein; vom Menschenblick aber sind sie gebannt,
und nur ihr Gelumpe hat noch Atem und schlottert erbärmlich fros-
tig im Winde. Ich weiß: Vogelscheuchen; aber das Dutzend im Ganzen auf der Bodenbreite, von denen ich auf dem Schlängelweg über
die heiligen Felder nur drei erkenne, gibt den Augen immer wieder
zu tun, man schaut sich um und denkt: nur ein bißchen reeller

Spuk, mit dem sich ein vernünftiges Wort reden ließe, der sich betasten und ausfragen lassen wollte, um endlich bei hellem Mondlicht in Himmelsluft zu zerschmelzen, – – – und die Welt hätte ein anderes Gesicht. Nur vorwärts, brummt es in mir, das ist mein Verstand, der mich auslacht, halte dich an Farben und Formen, vergleiche, grabe aus, numeriere – – – und wirklich, die ferne Baumreihe der Chaussee, mit kahlem Geäst gegen den Himmel gelegt, sieht mit ihren Gipfelrundungen von weitem aus wie eine Spitzenkrause von brauner Seide, und das Rebhuhnvolk, das sich von meinen Tritten aufscheuchen läßt und flach wie der Bogen des Feldes braun und dicht über die braune Erde gleitet und hinterm Rand einen Augenblick gegen den Himmel geschnitten sogleich in der Mutterfarbe wie in einem See eintaucht und verschwindet, wird aus der Erde im Traubenschuß, wie aus einem Luftmörser in der Erde, hervorgeprallt. Gespenster lassen sich einmal nicht heranpfeifen, und die Gleichnisse sind eine Chiffre-Sprache, mit der man sich sein Augenblicksgefühl verdolmetscht und ins Gedächtnis hängt.

Der Hundekarren, Holzschnitt
1922 10,2 X 13,9 cm
»Der Findling«, Blatt 6

Dem monumentalen Flächengeschiebe sind Monumente von Strohdiemen aufgeladen, Monumente an Masse und Form, aber vom Winter zerfressen und von Schauflern und Forkern und anderen Knechten der Landverpflegung angegraben und geschleift. Wie man von fern kommt und vorbeiwandert, ändern sie ihre Formen. Einer sieht aus wie ein Riesenschädel, der aus einem vieltausendjährigen Grabe ans Licht auftaucht und um sich schaut, ein anderer gleicht dem abgetragenen, weggeschwemmten Reste eines Sündflutmammuts, aber nach einigen Minuten hat er die Massen und Grenzen eines Mausoleums, und nun ist der Riesenschädel nur eine Unform.

Sackträger, Taschenbuchblatt aus Güstrow
Bleistift- und Federzeichnung, 1912
16.4 X 10,2 cm Barlach-Nachlaßverwaltung Güstrow (Heidberg)

Keuchhustentage

Der Klaus hat diese Tage viele Namen bekommen, z. B. Puster, denn wenn abends die Not anhebt und er im Bett steht und sich in Atembedrängnis nach allen Seiten dreht, dann verdient er ihn schon, oder Pappelpastor, denn er predigt ohne Aufhören und nicht immer Weisheiten, oder Janko, denn sein Jaulen und Janken ist fatal, man muß ihm dran denken helfen, oder Zappelin, denn sein Zappeln ist bös. Am liebreichsten und kameradschaftlichsten ist es nachts, wenn es ohne Keuchen und Fauchen und Pfeifen abgeht und die Frage des Einnehmens süßer Medizin sich aufrollt. Dann zünde ich das Licht an, und die Flamme wirft meine Hantierung mit Flasche und Eßlöffel riesenhaft und schattenschwarz an Decke und Wand, oder wenn der Mond ins Nebenzimmer schimmert und noch östlich steht und die Wand mit dem Bild anleuchtet oder, westlicher gelangt, aus dem Türrahmen einen steifen Lichtengel macht, mit dem wir ein paar Worte schwatzen. Lange nicht, denn wir schlafen immer schnell wieder ein. Seit zwei Tagen ist er an die Sonne spazierengestellt, aber dann ist es ein bitteres Scheiden von der Lebensfreude, wenn er hinter den Scheiben auf der Fensterbank steht und die andern Kinder spielen sieht, und Blindekuh ist im Gange, und Lisabeth steht mit bloßen Armen in ihrem roten »Vetter« in fliegenden Haaren anteilnehmend, aber unbeteiligt lärmend und lachend dazwischen und sieht aus wie eine Walküre am Waschtage. Dieser Licht-Februar beschert uns, was wir seit August nicht hatten, und man steht in dem Glanz ohne Grenzen mit katholisch werdender Seele. Im Eisspiegel auf Teichen und Pfützen hängt Licht, und die Spiegel-Sonne, wenn man den Hutrand vor die Himmlische gerückt hat, blendet von unten her das Auge. In den Gärten glänzen die Zweige, und das Aufdunsten des Erdreichs möchte man ein Paternoster nennen. Der Wald saugt das Licht ein und macht sich voll davon wie ein unersättlicher Schwamm, liegt feucht und schwer mit allen fernen Zügen da.

Sonntag, den 2. März 1913

Was bedeutet es manchmal: Sonntagmorgen, Winterpracht, Nähe und Ferne, Form und Farbe – – – was hat man davon! Manchmal wirklich nichts, manchmal ist man wirklich nicht bei sich und schaut aus Augen um sich, die nichts wiedererkennen, denn es ist doch nur man selbst, was man draußen findet, wenn alles anfängt zu predigen. – – – Aber heute sieht man alles und erkennt nichts, hört das Knirschen des dünnen Eises unterm Wind und beim Anschlag der Wassernetze, denn die Kreuz- und Quer-Wellchen scheinen die Oberseite eines Netzes zu sein, in dem tief die Fische zappeln. Da knirscht fein und schaurig, durchschneidend wie ein Rasiermesser, das Eis an den Ufern des Deichs oder den Rändern offener Strecken. Man sieht die Stößer in der Luft stehen und die Krähen in der Sonne blau glänzen, man hört alles, und nichts sagt ein bekanntes Wort, daß man merkt, was es alles eigentlich ist. Es fahren einem Dinge durch den Kopf wie Dummheiten, die wohl einmal eine Fratze schneiden, aber gleich freiwillig abziehen. Aber diese Dinge möchte man festhalten. Warum, denkt man, fühlt man einen Augenblick, als erstickte man an ihnen, was steckt in ihnen, daß sie einem so unbequem werden? Daß es belanglose alte Zeiten gibt, nicht die Erinnerung an Personen und Erlebnisse mit ihnen, sondern die Zeiten sind selbst Personen geworden und stehen da, – – – und wie man sie stehen sieht, fühlt man sich ersticken. Man glaubt einen Augenblick, das Wesen der Dinge kommt nicht von den Dingen, sondern die Dinge und Menschen bekommen etwas ab von ihm. Man denkt an Wiedersehen und Wiederscheiden und wie das alles so kurz und tief und voll Schmerz war und doch leicht vergessen, aber nicht verschwunden. Das Rätsel taucht auf, und man befragt es ernst und dringlich, man klagt, daß es etwas Neues und Andres geben kann, daß das Wehtun jedes früheren Sonntagabends so schmählich vergessen und vom groben Wohlsein beiseite gedrückt worden. Man staunt, wie gemein man werden mußte, und glaubt doch aus diesem Neuen und Gemeinen wieder etwas Tiefes, [ein] schmerzlich-glückliches Geheimnis, einmal aufleben zu sehen. Erinnerung ist ein Gebet an die Dinge hinter den Dingen, wie Liebe eine Anbetung des Liebeschaffers ist, nicht des Mittels und Götzenbildes, das er uns hinstellt. Ja, wir brauchen Bilder, an die wir uns mit unseren Seelen halten können, wie Fernrohre, in deren Gläsern sich die Strahlen der Unendlichkeit sammeln. Nur daß sie uns gegeben werden, daß sie uns nahekommen, daß wir uns von ihnen täuschen lassen – – – ist die Gnade dabei.

Träumende, Kohlezeichnung, 1922
34.5 X 26,4 cm
Barlach-Gedenkstätte Ratzeburg

Chronik 4. März 1913

Am soundsovielten Keuchhustentag wurde ein großer Dampfer gebaut. Auf dem Tisch stand eine große Röhre aus Packpapier, das ist der Schornstein, daran reihen sich Stühle und der Lehnstuhl als Passagierdeck. In den Schornstein, wenn die Fahrt beginnt, schmeißt Klaus einen Stein, damit ist der Dampfer symbolisch geheizt, und »in einer Minute« geht die Fahrt los. Zur Verpflegung wird ein Armvoll Apfelsinen auf den Stuhl gelegt, und der Kapitän Klaus empfängt die Ordre zu fahren vom Passagier Vater. Zuerst nach Amerika, da sind wir, wenn der große Zeiger (der Wanduhr) auf 5 steht, jetzt steht er auf 4, also 5 Minuten. Molly aus Plüsch macht die Fahrt mit, und Mutter, auf dem Stuhl am Fenster mit Weißnähen beschäftigt, bedroht die Reise als Nebelfrau mit Nebel, weil Molly sie gräßlich anbellt. In Amerika steigen wir aus, und Molly beriecht die amerikanischen Ecken und jagt Ratten. Soviel ich bisher über Amerika las, daß alles von Ratten wimmelt, hat niemand gemerkt. Sie laufen uns sogar in die Hosenbeine und müssen darin zerquetscht werden. Onkel Niko war am Ufer, als wir landeten, Tante Amanda hat aber auf der Farm Kühe zu melken und die Lisel zu füttern. Klaus spricht ganz brav mit Onkel Niko, und dann geht die Fahrt weiter nach Afrika; wir halten aber unterwegs wegen Nebels, weil Mutter Ernst macht, und später steigen wir an den Azoren aus und vertreten uns die Beine und sehen uns am Lande um, Molly kommt mit und beriecht die Ecken von Funchal, die wieder anders riechen als die amerikanischen. Es ist ein sonderbares Land. Da steht hinterm Ofen die Bambusstange, daran sehen wir, was da für Bambus wächst, und sonderbare Leute gibt es, man braucht nur das Wandbild anzusehen, die schöne Porzia und ihr Kaufmann mit den drei Kästen sind ja Azoren-Eingeborene. Auch sonderbare Ähnlichkeiten tauchen auf, die zwei (auf dem Büfett) sehen Onkel Niko und Tante Amanda verteufelt ähnlich, und eine Frau (auch auf dem Büfett) sieht aus wie Tante Olga. Der Mond wackelt auf den Azoren hin und her, grade wie das Pendel unserer Wanduhr, und nun gehts mal landeinwärts (in mein Zimmer). Da sitzen wir auf dem Blumenteppich (meines Betts) und wundern uns, was für sonderbare Blumen hier vorkommen.

Die Jugendstilzeichner scheinen ihre Studien auf den Azoren gemacht zu haben, sie brauchen bloß den Rasen zu kopieren, er ist gebrauchsfertig gemustert. Und nun ringelt sich auf dem Felsen eine Riesenbandschlange, die fangen wir und nehmen sie mit an Bord, da wird sie mit Kopf und Schwanz an die Reling gebunden. Und nun geht die Fahrt weiter, weil es aber schon sehr spät ist, gehts spornstreichs nach Hamburg zurück.

Diese ganze Zeit über, nämlich seit Anfang Februar, bin ich aus meiner Werkstatt ausgelassen, denn eine neue, größere wird herangebaut, und mit dem Bauherrn Zimmermann habe ich eigenhändig Kalk gelöscht, dann kamen Maurer, und so wuchsen die drei Wände, denn die vierte Wand bildet die alte Mauer meines bisherigen Loches, das jetzt Rumpelkammer wird und Entree. Jeden Morgen spazierte ich hinaus und bewies mir meine eigenen Weltanschauungen, schrie alle Einwände nieder und siegte, wo ich meine Bombenworte hinwarf, weil ich nichts anderes wünschte, als besiegt zu werden. An den Abenden las ich die »Siderische Geburt« von Volker, und weil ich schon vollgesogen bin, so wurde ich bald trunken. Meine apokalyptischen Zeichnungen sind nun so ziemlich auf dem Haufen, wenigstens der größere ist beisammen, und von späteren Abenden hoffe ich im Laufe des Sommers den Rest. Heute entdeckte ich mir selbst, daß mein Drama »Der tote Tag« so etwas ist wie eine Phantasie über unbefleckte Empfängnis, das heißt geistige Abstammung des Menschen im Gegensatz zur leiblichen, die so befleckt sein mag, wie man nur wünscht, so tierisch und von primitiven Zuständen herangerollt und heraufgeformt, wie Haeckel für anständig hält. Auf den Schlangenwindungen des Deiches längs der Nebel wurde mir alles klar. Niemand hört mich da gageien als gelegentlich ein paar Enten, die beizeiten aus ihrem Kämmerlein in Schilf und Rohr zwischen Eis und gurgelndem Wasser aufsteigen und sich ein besser gesichertes und bequemeres Örtchen suchen; ihr Widerspruch stört mich nicht, sie mögen das lauteste Wort haben; aber ich will doch nicht vergessen, daß ich oft mitten im Text abbreche und mit einem Blick rundum die ganze Logik meines Beliebens ausschwemme und die Schleuse der inneren Erlebnisse hochziehe, daß auch die leisen Worte zwischen den andern Worten herankönnen. Am Ende ist die ganze Arbeit nur eine Art Bewegung, eine Atemgymnastik gewesen, und so habe ich doch recht getan.

Der Träumer, Holz, 1925
34 X 77 X 29,5 cm
Vorbereitet durch Zeichnungen aus den »Däubler-Jahren« 1909 und 1912
Barlach-Nachlaßverwaltung Güstrow (Heidberg)

Geborgenheit

(Mitte März 1913)

Grade wie der Klaus abends die Decke über die Ohren zieht und sich im Bett wie in einem Gehäuse der Geborgenheit fühlt, so fühle ich mich manchmal, aber mit einem ganz andern Schauern, geborgen im Gehäuse meines Weltgefühls. Da mag kommen, was will – Vater ist ja wach und bleibt bei der Lampe sitzen tief in der Nacht, oder wenn er zu Bett geht, liegt er dicht bei mir, und ich brauche nicht zu sorgen – so denkt der Ich-Klaus. Mein Vater, der aufsitzt und seines Ohrs Aufmerken auf mein Rufen hält – der ist auch wohl nicht ferner als ich dem Klaus. Wir passen alle gut zusammen in unsern Vater-Sohn-Vorstellungen. Daß es wenig verschlägt, ob ein Vater Zweibein-Gestalt hat oder ob seine Übergestalt die Gestalt abgelegt hat, wie ich meinen grünen St. Franziskorock von Niko her, ein Lumpen und doch eine väterliche Eigenschaft von mir für Klaus, wenn ich neben ihm zu Bett steige, das wird der Klaus noch lernen müssen, und daß man seinen Vater zum Teil selbst in sich haben kann, daß man sich zum väterlichen Trostspender und Wohlerhalter, zum Immerbereiten ausbreiten soll, auch. Jemand lebt und sorgt für uns, das halte ich so sicher und trostwarm bei mir, wie der Klaus sein unbewußtes, felsenfestes Vertrauen auf mich. Nichts kann natürlicher sein, er muß es einfach. Aber wie dem Klaus wohl einmal ein Schattengefühl übers Herz streicht vom Fremdbewußtwerden und Nichtmitkönnen, von väterlichen Forderungen, gegen die alle seine Haare sich aufsträuben, vom Blindsein gegen väterliche Anschauungen und Taubsein für väterliche Anreden, – so kanns einem wohl schaudern werden vor dem: Wieso und was weiter? Wohin man soll, wird wohl einmal leise angedeutet, einmal oder zweimal im Jahr klopft ein Finger gegen die Fensterscheibe, und eine fast fremde und sonderbar unkenntliche Stimme ruft heraus: Komm mal herein, ich muß dir was sagen, – und man kommt ein wenig betäubt wieder in den Sonnenschein zurück, weiß und weiß doch nicht, was es gab und mit was im Bereiche der vertraut bekannten Dinge herum sich das Neue vergleichen läßt, was man hören mußte, – und denkt bei sich: ach was! – grade wie Klaus –, springt wieder weiter und läßt Vater Vater sein, es wird schon alles von selbst so kommen, wie es muß.

Warum ich in der vorigen Nacht über den Bummelschnack »junge Huren, alte Betschwestern« ernsthaft phantasierte, brauche ich wohl nicht zu ergründen; genug, ich tat es, derweil Klaus neben mir sich wälzte und gelegentlich zum Husten und Krächzen ausholte, ohne viel von dem Drohen auszuführen. Ich »dachte«, was ich für mich so denken nenne, vielleicht ist es nur ein wortmäßiges Anschauen und Gegeneinanderhalten verschiedener Begriffe. So, sagte ich mir, also mit diesem – junge Huren, alte – will man die Betschwestern übergießen, – nicht eben lieblich duftend, – mit der Erinnerung an früher, wo sie noch taten, was sie mochten, wozu sie aber jetzt wohl den Willen des Fleisches, aber nicht mehr seine Geeignetheit haben. Aber so braucht es ja nicht gedeutet zu werden, und wenn die Hurerei ja am Ende nichts Lebenswertes ist, ist es doch immer etwas ebenso Braves – dachte ich im eingebildeten Niedergehen ins Tiefste – wie irgend etwas sonst. Ja, etwas Braveres als manches Belobte sonst, ob Hurerei oder Kunst oder Märtyrerei, der Mensch will sich erfüllen, will nicht leerstehen, nicht stillhalten, sondern außer sich, über sich hinauskommen. Und da ich »Volker« lese, so zog ich die Überpersönlichkeit heran und meinte, so gut wie ein Begabter und dämonisch Getriebener die Überperson in sich zum Schalten und Walten bringt oder ihr nur nichts in den Weg legt, so tuts auf ihre Weise das Hurchen, die die andersartige Bravheit, [das] Stillsein usw. nicht erträgt und nun in vollem Hang und Drang, wie er bei ihr beschaffen ist, auf ihre Art über sich hinausgeht. Freilich kommt sie nicht weit: Sensationen und Amüsements füllen die transzendente Begier, die letzte und oberste aller Menschen, nicht aus, und warum nur soll grade die jung gewesene Hure, die auf ihre Art, wie sies verstand, ihrem Gott, den sie als Trieb, als oberste Gewalt in sich fühlte, gedient hat, die nach Christus »viel geliebt hat«, die am Ende auf der Klippe scheitert, wo es nicht mehr weitergeht, bei Altwerden, Kranksein und der Erfahrung, daß eben bei allem doch kein rechtes Glück, oder heiße es Befriedigung, wenigstens absolut nichts Dauerndes und Rechtes herausgekommen ist, – warum soll sie nicht ganz gesetzmäßig in menschlich natürlichem Durchbruch eines Anderen, Neuen, wobei das körperliche Triebmäßige eben nur Vorspiel des geistigen war, warum soll sie nicht die geistige Tat vollziehen und sich vom Dies-seits-Ekel ab zur Jenseits-Seligkeit, zur Hoffnung einer wirklichen Erfüllung wenden? Oder soll sie lieber pessimistisch auf Erfüllung verzichten und damit auf Spannung, Glauben, Vertrauen, daß ein Sinn im Leben sei, auch im Diesseits? Nichts als Drang zum Über-persönlichen, meine Herren, sagte ich in Gedanken zum Auditori-um, sowohl bei der Hure wie bei der Betschwester, die erste ist dieselbe wie die letzte, nur hat sie durch das Leben einen Kreis ge-macht und ist auf einem neuen Niveau angekommen. Die erste opfert sich ihrer Leiblichkeit, – aber sie opfert doch, sie riskiert, sie setzt dran, sie gibt sich aus, sie geht aufs Letzte und Ganze, sie ver-schreibt ihre bürgerliche Seele dem Teufel, sie wirft allen Ballast von Rücksicht, »Ehre«, Furchtsamkeit, Selbst-Sparsamkeit über Bord und läßt den Wind recht in die Segel ihrer so erleichterten Karavelle blasen, um ihr geahntes Amerika zu gewinnen; aber die andere macht es nicht anders, nur läßt sie die tausend Zentner von Lebens-hoffnungen fahren und zerschlägt zugleich den irdischen Kompaß, weil sie einen neuen in sich entdeckt hat, der zu einem Amerika auf dem Sirius den Weg zeigt; – bei alledem fragt es sich natürlich, was ich in der Keuchhustennacht unter Hure und Betschwester ver-stand.

In diesen Tagen ist ein feuchter Frühlings-Atem von Westen über uns gekommen. Als wir heute morgen um 6 Uhr die Medizin löffel-ten, kam es schon matt-hell durch die Vorhänge, und Vogelgezwit-scher wie Vorversuch, wie ein Probieren der Töne einer Querpfeife, die lange kein Mandelöl gehabt und deren Klappen auf den Lö-chern mit Staub und Winterfeuchte festgeklebt sind, drängte zu-gleich mit dem Licht spurweis herein. Die Stare pfeifen so zuver-sichtlich, als stände es im Programm, und in den Gärten hantieren die Leute mit dem Spaten. Besonders Frauen, und man muß sich wundern, mit welcher Forsche sie ihn führen, viel unbedachtsamer als so ein Mann; in zorniger Eile stechen sie mit dem blanken Eisen auf die Erde los, wie in Verachtung vor dem spottleichten Geschäft, so eines Gartens schwarze Erde von innen nach außen zu kehren. Sie nehmen das Schwere für etwas Leichtes und brüsten sich nicht mit Begriffen wie Tagewerk und Leistung wie ein Lohnarbeiter, der seiner Faulheit mit ostentativer Mühe zu Ansehen und Ruhm verhilft, denn was schwer scheint, muß gewürdigt werden, und die Weltgeschichte darf nicht an seinen Schweißtropfen vorübergehen.

Wie mag es nun damit stehen, daß ich die Welt, die Menschen, besonders die Menschen, recht eigentlich anfange von hinten zu sehen, daß ich Linien, in denen sich die Menschen hauptsächlich darstellen, als ihr Eigentliches, Wesentliches empfinde? Natürlich sind es meistens Frauen, nicht bloß junge, auch alte und dicke, Kinder, kleine Mädchen als Erscheinungen, bei denen das Auge gewissermaßen mit ein paar Zügen auskommt, um sie zu erfassen und auszuschöpfen. Zwei Verhältnisse zueinander, dazu ein paar Schräg-Falten oder Lang-Paralle- und Kleidersaum, oder die lebenden, im Schreiten auf- und niedersteigenden Kurven der Schürzenkante über den Knien – dazu eine simple Umgrenzung, und ich habe so etwas wie die Kristallisation eines Wesens. In Klammern: Es ist Frühling, und ich bin wieder unbeweibt. Ist das die Erklärung für diese Entdeckerunermüdlichkeit der letzten Schönheiten in allem? Müßte ich von Offenherzigkeit überschäumen und mich als Allerverliebt in diesem Städtchen bezeichnen, oder kommt nicht doch etwas hinzu? Würde es anders werden, wenn ich als Werther die Lotte heimführte? Oder würde ich meine Augen ebenso umjagen lassen? Darf ich mir einbilden, daß die besondere Empfänglichkeit mich tiefer als bloß äußerlich empfänglich macht? Was macht mir das Herz schwer, daß ich, während ein neues Wunder von zwei entscheidenden Linien herannaht, einem weit entfernten, das sich einer Ecke, die es verdecken wird, nähert, nicht entsagen kann? Ist es bloß der Umstand, daß ein Verhältnis zweier Längen 6 zu 2 lebend vor mir wie ein Stück sichtbarer Musik über das Pflaster wallt? Ist das bloß Sexualität? Oder vielleicht Erotik? Oder spüre ich an meinen Nervenenden, wo sie ihren unbekannten Ansatz im Geistigen haben, daß ein Stück des allgemeinen Weltgeheimnisses in mir mit dem Drohen rumort, daß es sich zu erkennen geben wird? Kommt es mir nicht vor, als könnte ich den Weg ins Dunkle, den die Dinge am Ende der Nerven ins Mystische nehmen, doch wohl aufhellen, erkennen, was da verborgen steckt in einem Menschen, dessen Ganzes in zwei oder drei Tönen klingt als seelisches Wort, als ein Geister-Name, der zugleich wie eine chemische Formel sein Sein, seinen Inbegriff verrät? Ist das noch Bestialität oder schon Mystik?

So nüchtern wie ich das vorbeisteigende Exemplar Mensch als Menschen ansehe, so vorenttäuscht ich schon bin bei dem Gedanken, einmal mit dieser oder der »anzubandeln«, so betroffen macht mich ihre Schönheit, eben das Bißchen, was ich als Letztes und Absolutes bei ihr auffinde. Es beängstet mich, diese zwei oder drei Linien, zueinandergefügt, ineinander gehängt, aus den Augen zu lassen. Es ist wie eine Not, wenn der Kopf zur Seite rückt, um endlich einmal ein Ende damit zu machen, dieser Person weiter nachzustarren, von der ich genau weiß, was für ein Häuflein unverbrannter Asche sie ist. Bin ich ein Spökenkieker, daß ich losgetrennt vom Endlichen das ewige Fünklein finde, das in Allem und Jedem stecken möchte? Und da ich kein Geist bin, sondern mit den Augen zu hantieren habe, so erledigt sich dieses »Finden« mit Sehen und ist nur darum so angreifend, weil dieses Gesehene sein Geheimnis mit einem Wort ins Gefühl hineinflüstert. Ich fange eine Chiffre mit den Augen auf, und sie wird im Dunklen meines Ich übersetzt und dort verarbeitet. So viel weiß ich, von mir ist für mich der Rahm abgeschöpft, das Ding mag mit seinen zwei Beinen weiterpendeln und seine Wünsche, sein Lebenszwecklein, seinen Ehrgeiz, seine Eitelkeit weiter und immer weiterschleppen, das alles ist Schellengeklapper an einem Gerippe und klingt, näher gehört und länger und deutlicher gehört, um so unharmonischer; nur die eine Harmonie, das Stück Ewigkeit, das ich mir gegriffen, das ist voll Wert und bekommt seine Patina mit der Dauer, seinen Edelrost, der es nur wunderbarer macht. Ich könnte mein Erlebnis mit einem frisch gewonnenen Skizzenbuchblatt vergleichen, einem glücklichen Handstreich, an dem nichts fehlt oder zuviel ist, weil alles da ist, was Wert hat, – und bin sicher, für mich hat es Dauerwert, selbst wenn es dem Gewöhnlichen abgezwungen oder aus der Langweile herausgeblitzt ist, wie das immer wieder vorkommt und mir klarmacht, daß in allem ein Geheimnis steckt, das seinen Sinn im Ewigen und Jenseitigen vom Menschlichen hat. Ich werde manchmal von einem Glockengeläute genarrt, das über die Felder herankommt, wo auf Meilen hin keine Glocken hängen, und muß erkennen, daß es das Geläute vom Stadtturm ist, das von der großen Scheune von Voß mit breiten Wänden aufgefangen und zurückgeworfen wird, also gewissermaßen aus falscher Richtung kommt. So, will es mir bedünken, geht es mir mit dem Erkennen der letzten Werte im Menschen, sie sind das Geläute, das nicht von ihnen, sondern durch sie geht und kommt aus der Unendlichkeit. Augenscheinlich gemachte Weltseele, fange ich an zu spüren, sind sie, am individuellen Leib- und Menschentum ruchbar und hörbar gemacht, die also damit dem Unmerklichen seine besondere Art von Bemerkbarkeit schaffen, die von ihrer Körperlichkeit dem Körperlosen abgeben und ihm zum Leben im Licht verhelfen, die also Spiegel sind, in denen sich die vorbeisausenden Strahlen fangen, daß sie meinen Augen bemerklich werden.

Aber ist nicht nun das Geheimnis dieses Leib- und Menschentums ebenso groß? Dieses Spiegeln des Unendlichen, wenn auch Winzigen, Allerkleinsten? Jeder spiegelt doch ein Strählchen zurück, und ihnen wird von andern Unendliches zugespiegelt und von ihnen verschluckt und verwoben zu etwas Greif- und Schaubarem.

Alter Mann, Kohlezeichnung, 1922
50,7X 37,3 cm Nationalgalerie Berlin (Sammlung der Handzeichnungen)

Über tredition

Eigenes Buch veröffentlichen

tredition wurde 2006 in Hamburg gegründet und hat seither mehrere tausend Buchtitel veröffentlicht. Autoren veröffentlichen in wenigen leichten Schritten gedruckte Bücher, e-Books und audio-Books. tredition hat das Ziel, die beste und fairste Veröffentlichungsmöglichkeit für Autoren zu bieten.

tredition wurde mit der Erkenntnis gegründet, dass nur etwa jedes 200. bei Verlagen eingereichte Manuskript veröffentlicht wird. Dabei hat jedes Buch seinen Markt, also seine Leser. tredition sorgt dafür, dass für jedes Buch die Leserschaft auch erreicht wird.

Im einzigartigen Literatur-Netzwerk von tredition bieten zahlreiche Literatur-Partner (das sind Lektoren, Übersetzer, Hörbuchsprecher und Illustratoren) ihre Dienstleistung an, um Manuskripte zu verbessern oder die Vielfalt zu erhöhen. Autoren vereinbaren direkt mit den Literatur-Partnern die Konditionen ihrer Zusammenarbeit und partizipieren gemeinsam am Erfolg des Buches.

Das gesamte Verlagsprogramm von tredition ist bei allen stationären Buchhandlungen und Online-Buchhändlern wie z. B. Amazon erhältlich. e-Books stehen bei den führenden Online-Portalen (z. B. iBookstore von Apple oder Kindle von Amazon) zum Verkauf.

Einfach leicht ein Buch veröffentlichen: **www.tredition.de**

Eigene Buchreihe oder eigenen Verlag gründen

Seit 2009 bietet tredition sein Verlagskonzept auch als sogenanntes "White-Label" an. Das bedeutet, dass andere Unternehmen, Institutionen und Personen risikofrei und unkompliziert selbst zum Herausgeber von Büchern und Buchreihen unter eigener Marke werden können. tredition übernimmt dabei das komplette Herstellungs- und Distributionsrisiko.

Zahlreiche Zeitschriften-, Zeitungs- und Buchverlage, Universitäten, Forschungseinrichtungen u.v.m. nutzen diese Dienstleistung von tredition, um unter eigener Marke ohne Risiko Bücher zu verlegen.

Alle Informationen im Internet: **www.tredition.de/fuer-verlage**

tredition wurde mit mehreren Innovationspreisen ausgezeichnet, u. a. mit dem Webfuture Award und dem Innovationspreis der Buch Digitale.

tredition ist Mitglied im Börsenverein des Deutschen Buchhandels.

Dieses Werk elektronisch lesen

Dieses Werk ist Teil der Gutenberg-DE Edition DVD. Diese enthält das komplette Archiv des Projekt Gutenberg-DE. Die DVD ist im Internet erhältlich auf **http://gutenbergshop.abc.de**

FSC
www.fsc.org
MIX
Papier | Fördert
gute Waldnutzung
FSC® C083411

Zeitfracht Medien GmbH
Ferdinand-Jühlke-Straße 7
99095 Erfurt, Deutschland
produktsicherheit@kolibri360.de